JN060387

ある少年の物語

—四十五年目の再会—

大井和子

OI Kazuko

文芸社

本作は、二十年前に書き上げた原稿に、加筆・修正を加えたものです。
なお、登場人物はすべて仮名です。

少年の故郷

風が和らいだ。木漏れ日が斜めに降りてきて若草色の若葉が光った。

一瞬、時間が止まった。ここは誰も踏み込めない聖地だ。

若葉がそよと揺れた。

お帰りなさい！

ひんやりとした空気が辺りに漂い爽やかな声がした、と思った。

「ここに僕の家がありました」

「とうとう来たのですね」

大小の樹木が生い茂っていた。苔生（む）す大地に立って、彼は両手を挙げて伸びをした。少年のころを思い出したかのように辺りの空気を胸いっぱい吸い込んだ。

傍らの葉の陰に、斜めに傾いた茶褐色の陶製の大きな水瓶が見えた。瓶に寄り添うように若樹が育っていた。

家の柱や瓦が静かに横たわっていた。一升は炊けそうな釜、そのすぐ横に大小数個の茶碗が落ち葉の下に見え隠れする。瓦の下に青白い小さな履物の片方が見えた。わたしはそっと拾って、土を払った。

「これは山城（やましろ）さんが子どものころに履いていたサンダルですか」

彼は小首を傾げて少し笑った。

ここは山城村。彼が六歳から父方の祖母と二人で暮らした場所だ。

「祖母が一番茶を摘んで竹籠に詰めて、僕が中学校から帰ってくるのを待っていました。竹籠を担いで山を降りて、歩いて、歩いて、二時間かかるM町まで売りに行きましたよ」

彼は感慨深そうに辺りを見まわした。

「この地で桑を育て、蚕を飼い、繭が出来ると、売りに行くのは僕の仕事でした」

K県H郡F町B野。その山奥の、今は誰も住んでいないという山城村を、わたしが尋ねたのは平成十五年（二〇〇三年）四月二十日の昼下がりだった。前日の雨で山道の運転は危ないからと、従弟の森さんを伴って彼はやってきた。

前年の秋、わたしは東京から「山城村を案内してください」と彼に連絡していた。肥大型心筋症を抱えるわたしの体調や、気候を考えて、やっとこの日実現したのだった。


その日は日曜日で、いつもは忙しい山城さんが、道案内してくれるという。

K駅前のバス停で待っていると、シルバーの乗用車が静かに近づいてきた。助手席から、にこにこと降りてきたのは彼だった。

「お待たせしました。今日は午後天気が荒れそうなので、運転の上手な従弟を連れてきましたよ」

　わたしを後部座席に乗せて車は走りだした。N駅の裏手の路地に入った。

「ここはT町です。僕はここで生まれました。父が運送業をしていて、当時の生活は豊かだったようです」

　通りの両側には食べ物屋、花屋、八百屋などが軒を連ねていた。

　わたしたちは、彼が六歳で空襲に追われて、祖母と暮らすことになるB野の山城村に向かった。記憶を辿りながら、彼と森さんは、

「あっちかな」

「いや、やっぱりこっちだと思いますよ」

　と言い合いながら、杉や竹が生い茂る山道を走った。道は舗装されていた。が、落ち葉が敷きつめられて狭く感じられた。

「当時はでこぼこの狭い道でした。この杉もあのころはなかったなあ」

　彼は遥かな記憶を辿るように、車窓の風景を追っていた。

テレビに映る人

わたしが山城さんと四十五年ぶりに再会することになったのは、まったくの偶然だった。それは一昨年の春のことである。

東京暮らしも十年過ぎていた。いつもと変わりない朝の風景の中で、わたしは時計代わりにテレビをちらちら見ながら慌ただしく出かける準備をしていた。わたしは近所のクリニックで看護師として働いていた。

テレビ画面には、白衣を着た温厚そうな紳士が映っていた。聞くともなく耳に入ってきたのは、心理的・社会的ストレスによって引き起こされる行動障害や心身症の話だった。

もっと聞きたいな、という思いと、出かけなくちゃ遅刻だぞ！　というジレンマのなかにいた。画面の右側にテロップが流れた。

《K大学病院心身医療科教授・山城健一先生》

「あっ！」

思わず叫んでいた。

この名前は耳にしたことがある。わたしの人生のどこかで出会った人だ。それはいつなのか、誰なのか、小さな頭をくるくるめぐらせて考えてみた。職場へ向かいながら、わたしは「やましろけんいち」と小さな声に出して反芻していた。

遠いベールの向こうから、青白い顔の、痩せた高校生の姿が浮かび上がってきた。おぼろげな記憶の断片を呼び戻した。

テレビの白衣の紳士はあのころの山城少年と結びつかない。しかし、彼は病院で働いていた。万にひとつ、彼かもしれない。

慌ただしい朝の時間に、心身症について語るドクターの姿に、一瞬、なぜわたしは引きつけられたのか。そしてあのテロップ、確かにあの名前には心当たりがあった。

働く若人の集い

昭和三十二年（一九五七年）、K市の繁華街の近くにあった勤労者会館では、月に一回、「働く若人の集い」という催しがあった。看護学生のわたしは、K県立保養院・附属准看護婦養成所のある田舎の町から汽車で二十分ぐらいかけて学友と参加した。少ないお小遣いの中から、会場までの汽車賃を捻出するのは一苦労だった。

会場には貧しい勤労学生が集まった。昼間はパン屋や鉄工所、病院や印刷会社で働き、夜は定時制高校に通っていた。農業をしながら大学医学部に通う青年もいた。

自己紹介をし、近況報告や将来の夢を語りあった。同じような境遇の仲間の話を聞いていると、幼なじみに会えたような心の安らぎを覚えた。会の終わりにみんなでスクラムを組んで合唱した。「しあわせの歌」や「ここは静かなり」だった。日ごろのつらさをしばし忘れられた。

山城健一少年は物静かな高校生だった。昼間は近くの個人病院で、レントゲン室の助手として働き、T高校夜間部に通っていると語った。

彼は三度の食事をきちんと摂っているのだろうか、と心配になるほど痩せていた。黒い学生服の上から背骨が見えるようだった。少し寂しげな姿がなんとなく気になった。しかし、月に一度の例会では、彼のことをそれ以上知ることはなかった。

一年後、わたしは離島の病院に就職した。遠く離れたことで、「働く若人の集い」

には出席できなくなった。集いの仲間とは、二、三回文通をしたが、いつの間にか立ち消えた。

小さな約束

テレビで山城教授の心身症の話を聞いてから六か月が経っていた。

この年の九月、わたしは初めての本を出版した。

十年前、わたしは夫の転勤に伴って九州・K市から東京に移り住んだ。都内にある重症心身障がい児（者）の通所施設に看護師として勤め、定年まで働いた。土曜日の休みは文化センターの文章添削教室に通った。十年間に書き溜めた作品が百二十編を超えていた。

十六歳から毎日書いた二百数十冊の日記を参考に、日々の思いを綴ったエッセイである。

作品を出版社に送った。出版社は、『小さな約束』というタイトルを付けて全国流通の本として出してくれた。

わたしは彼に本を送ることにした。「山城少年」なのかどうかは分からないが、もしそうだったら、同時代を生きた彼にも読んでほしかった。

手紙には、「突然お手紙を差し上げる失礼をお許しください。心身症や摂食障害について語られていた、あの日のテレビを見ていました。もしや、四十五年前の『働く若人の集い』でご一緒だった山城さんでは、と思いました。わたしは最近本を出しました。拙い本ですが読んでいただければ嬉しく思います。もしも、間違っていましたら申しわけありません。この本は読み捨ててください」と書いた。

本はK大学附属病院心身医療科・山城健一教授あてに送った。返事は来なかった。やっぱり、同姓同名の別人だったのだ。自分の厚かましさを恥じた。

四十五年ぶりの手紙

　忘れかけていた十二月中旬、手紙が届いた。わたしが本を送ってから三か月が経っていた。手紙には次のように書かれていた。

〈本を読んですぐ内堀さんであることが察知できました。このたびのご著書の出版おめでとうございます。読ませていただきましたが、すばらしい内容であり、日ごろの生き方がよく伝わって参りました。送っていただいた後、すぐ返事すべきでしたが、住所を書いた封筒を他の書類の中に混ぜてしまい、行方不明となって今日に至りました。捨てたのではなく、しまい過ぎた結果であり、申しわけありませんでした。

それと今年は学会を地元K市でK大学が主催したため、八、九月ごろ疲労状態にあったことが失態の原因かもしれません。たぶん、四十年前になるでしょうか？今日を当時予測しませんでしたが、どうしたわけかK大病院に勤めています。小生にとって転機となったのは高校四年（夜間部）のとき、育英会の特別奨学生に合格したことで、以来勉強に打ち込んだ、という遅咲きの学生となった次第です。

先週は東京、来週は京都、と出張も多いのですが、来年早々でも時間がとれましたら、東京でお会いしましょう。当時、一緒にお会いしたことのある菊池裕先生も現在お元気です。時々、お会いしています。また、山田先生（勤労者会館での働く若人の集いに参加したK大医学生）は、K大小児科の教授として来年が定年です。

当時をふり返り、物質的に豊かになったとはいえ、現在の青少年のあり方を見ていますと矛盾を感じる日々です。彼らが悪いのではなく、豊かな物質文明をつくりあげた大人の責任も関与しているかもしれません……〉

四十五年ぶりの手紙だった。一瞬にして、「働く若人の集い」の場面を思い出していた。懐かしい仲間の顔や、歌声までも聞こえてくるようだった。

再会

二か月後、電話のベルが鳴った。夫が「山城先生だよ」と呼ぶ。

「いま、K空港です。最終便で上京します。明日の午後は医学研究会ですが、午前中、もし時間があれば会えませんか」

明日は日曜日だ。何の予定もない。

「よろしいですよ」

「それでは十時に八重洲富士屋ホテルのロビーでお会いしましょう」
十六、七歳だった少年と少女が四十五年ぶりに会うことになった。わたしは落ち着かない気持ちになって、テレビで野球放送を見ている夫の周りをうろうろし、半世紀も前の「働く若人の集い」のことを語り続けた。
翌日、ホテルのロビーで、わたしは椅子に掛けて待っていた。にこやかに歩み寄って、わたしに語りかける紳士がいた。

「あのー、内堀さんですか」

「はい、そうです。山城さんですか。お久しぶりです」

わたしは思わず立ち上がって頭を下げた。なんともいえない懐かしさが辺りを包んだ。文明の利器ともいえるテレビの映像を偶然に見たことで、奇跡のような再会を果たした。あの痩せた山城少年がこの人なのか。長い年月が経っていた。

白髪の交じる豊かな髪や穏やかな物腰がお互いの年輪を物語っていた。一年前にテレビで見た白衣姿の山城教授ではなく、幼なじみに会えたような親近感を覚えた。旧姓で呼ばれているが違和感はない。

東京駅の方向に歩きながら、お互いの近況を語った。

八重洲口の地下に降りて喫茶店でコーヒーを飲んだ。

四十五年前、わたしは九州K市にあるK大学病院で准看護学生として臨床実習をしていた。話題の足しになれば、と当時の写真を持参した。

「ああ、この方は第一内科の飯田婦長さん、学生にはとても厳しかったですね」

「わたしはとても可愛がってもらいましたよ。臨床実習の途中に肺結核になり、一年休学して復学したばかりでした」

「こちらは第二内科の前田主任さんですね」

「前田主任さんも結核で退院されたばかりでした。職員食堂でお会いしたら、わたしを手招きして、『これは栄養剤です。あなたも飲んで元気になってね』とビタミン剤を一箱くださいました」

「菊池先生もお元気ですよ」

共通の知人や、話題が次々にあった。四十五年ぶりとは思えない、なんとも懐かしい不思議な空気が流れていた。

彼はちらりと時計を見た。

「じゃあ、そろそろ昼食にしましょうか」

東京駅前からタクシーに乗った。彼は「帝国ホテルへ」と運転手に告げた。このホテルで二時から研究会があるという。まだ時間は十分にあった。

ホテルの地下の「なだ万」で和食のコースを取った。魚料理、野菜の天ぷら、煮物等が一品ずつ、丁寧に運ばれた。どの料理も食欲をそそるように綺麗に盛りつけられていた。豊かな料理をゆっくりと味わいながら、話もはずんだ。何度も新しいお茶に取り替えてくれた。

「四十五年ぶりに会ったので、記念に写真を撮っていただけませんか」

お茶を運んできた和服の若い女性に声をかけると、にこやかにシャッターを押してくれた。

「僕は笑っていなかったのでもう一枚お願いします」

彼はいたずらっこのような表情でお願いした。

食事の間も、その後お茶を飲みながらも、話は尽きることなく続いた。温厚で穏やかな表情や、柔和なまなざし、声のトーンを落とした言葉の一つひとつがわたしの心の琴線に触れる。まるで心身を病む人のために生まれてきたような……。

彼はまさに、心身症のドクターだった。

珍しいもの

次に会ったのは一年後、平成十六年（二〇〇四年）二月の日曜日である。前日は東京で医学会の講演会があったそうだ。

「珍しいものが見つかったので持ってきましたよ。楽しみにしていてください」

前日の電話で彼は意味ありげに言った。

当日、ホテル・ニューオータニで「はい、どうぞ」と渡されたのは、四十五年前のモノクロ写真だった。

K大病院で内科医をしておられた菊池先生と、高校生の山城さん、翌日離島の病院へ旅立つ予定の橋本さんとわたしが、犬のエスを加えて横一文字に並んで、神妙な顔で写っていた。菊池病院で、菊池先生と山城さんが住んでいた部屋が背景にあるのか、建物の角の樹木と二階の窓が見えた。写真の日付は昭和三十三年四月だった。

菊池先生はフェミニストで、看護学生のわたしたちにも、いつも優しく政治の話をしてくださった。その優しい面影が偲ばれて、とても懐かしかった。

下駄を履き、黒い学生ズボンのポケットに両手を突っ込んで澄ましている、五分刈りの山城さん。パーマネントでおしゃれした橋本さん。三つ編みの髪がウエストまで届きそうなわたしは、首を右に傾げている。

一葉の写真は、セピア色のベールに包まれて、長いながいときを経てわたしの手の平に舞い降りた。なんともいとおしくて、いつまでもわたしは眺めていた。

日記

この日、わたしは家に帰ると、押し入れの中から昭和三十三年（一九五八年）の日記を探し出した。ページを繰ると写真を撮った日が見つかった。四月十三日だった。

その前日、わたしは離島の病院に赴任が決まって、十三日に旅立つことになった。そのわたしのために「働く若人の集い」で急遽、送別会を催してくれた。

日記を読んでいると懐かしい人々の顔や歌声が遥かかなたから、半世紀を飛び越えて聞こえてくるようだった。わたしは耳を澄ましていた。

昭和三十三年　四月十二日　土曜日　曇りのち雨

四時からという「働く若人の集い」は、わたしのための送別会だった。それなのに主役のわたしは六時を過ぎて、やっと到着した。スミス先生の日曜学校のお手伝いが思いのほか遅くなり、汗びっしょりで駆けつけたのだった。みなさんは辛抱強く二時間も待ってくださっていた。申しわけなくてひたすら謝った。

竹下、豊橋、武智、山城、野村、忍、前川、高田、富山、福島、小島さんたちがにこにこと迎えてくださった。ここは勤労者会館の五号室。

武智さんの上手なハーモニカの独奏と独唱、豊橋さんは島崎藤村の『初恋』の詩を朗読してくれた。山城さんが独唱。続いて野村さんの独唱、最後にわたしの大好きな「山蔭の道」をみなさんで合唱してくれた。

仲間から身にあまる励ましの言葉をいただいて、感激でわたしの顔はほてっていた。「働く若人の集い」から、わたし一人が離れて行くことがたまらなく寂しい。

夜、船が入港しなかったので、出発は十四日になった。山城さんのところにも、船が入港せず出発が一日延びたことを電話で知らせた。山城さんといろいろ話をし、菊池先生ともお話しする。明日、橋本さんと菊池病院を訪ねることになるかもしれない。

昭和三十三年　四月十三日　日曜日　晴

初めてY町の菊池病院に菊池先生と山城さんを、橋本さんと二人で訪ねた。病院の左手の路地で、鮮やかな青いセーターを着て犬のエスと遊んでいる、山城さんの姿が印象的だった。

菊池先生は受け持ちのクランケの容体が急変したとの連絡で、途中からK大病院に出かけられた。

菊池先生と山城さんのお部屋では、写真を見せてもらった。トランプもして過ごした。病院から戻られた先生からは政治サークルのお話を聞いた。
病院の玄関の横で記念に写真を撮っていただいて、十二時過ぎにおいとました。

山城健一さんの生い立ち

ホテル・ニューオータニで、想い出深い写真を見ながら、わたしは彼、山城健一さんのそれからを聞くことになった。

ほっそりとしたあごの線、白い物が少しだけ交じった豊かな髪が額をおおう。穏やかな表情の口元からぽつぽつと語られた、彼の生い立ちに始まる今日までの人生は、その容姿からは想像もできないほど劇的なものだった。わたしは思わずペンを取った。

彼は昭和十三年（一九三八年）十月、K市T町で誕生した。父二十八歳、母二十二歳の長男である。彼には二歳上の姉がいた。

彼の父は運送業を営み、経済的には恵まれていたという。あの太平洋戦争さえなければ、彼は思う存分好きな勉強ができるはずだった。

戦禍に追われて

N小学校創立百三十周年、B野小学校統合二十周年の記念誌に彼は、「人生に対する勇気と決断力を与えたもの～自然～」と題して、次のような文章を寄せている。

＊　＊　＊　＊

〈K市大空襲を目前にK市T町の自宅からN駅に行き、K駅で下車した後、Fまでとぼとぼ歩いて祖母宅に辿り着いたのは昭和二十年（一九四五年）六月（六歳）のある日だった。

数日後、市内は大爆撃を受けてほぼ全焼、その夜B野の山頂に広がる空が、炎で一面真っ赤であったことを今でも鮮明に覚えている。二か月後、終戦をむかえたが、その二か月後に父、三か月後に母の死を迎えねばならないことになろうとは知る由もなかった〉

＊　＊　＊　＊

このときのことを彼は、ホテルのテーブルに向かってメモを取るわたしに、深い表情で語った。

「市内が大爆撃を受ける前の空爆で家の周辺は火災に遭いましたが、自宅は無事でした。しかし、再度空爆があるとの噂で二キロぐらい離れた防空壕へ姉と二人で避難しました。この途中、N駅の裏あたりには死体がごろごろしていましたよ。数日後、田舎より父方の祖母が迎えに来てくれて、K駅からF町B野まで祖母と姉と、とぼとぼと歩きました。三時間も歩くと嫌でたまらなくなり、へたばりそうでした。でも、N駅の周辺のごろごろした死体を思うと、まだ、このきつさがましだと思えて歩きました。母は家の後片付けをしてB野に来ましたが、肺結核になり、父が戦死したという二か月後、後を追うように亡くなりました。二十八歳でした」

彼の姉は叔母の家に引き取られたという。

山城村での暮らし

前述の記念誌に、彼はＢ野の生活を次のように綴っている。

＊　＊　＊　＊

〈当時は田舎といえども極端な食糧難の時代、誰でも明日の命を長らえるために必死であったと思う。確かに空腹にみまわれることは多かったが、学校の帰り道での人々との出会いや、野いちご、あけびといった自然の恵みが、ときおり命を生き返らせてくれた。

学校への通学は片道約一時間、朝は下り坂だが帰りは上りゆえ、毎日が自分との闘いであったと思う。雨の日も風の日も、ただ黙々と学校へ通った。今振り返ってみればノートも教科書も十分になかった時代、なにゆえに学校へ通うことができたのか不思議である。ときに道草を食って山、川で遊び、学校に行かなかったことはあるが、誰一人として学校に行きたくないと言う人はいなかった〉

＊　＊　＊　＊

彼は遥かなときを思い、わたしに語り続けた。わたしは彼の話を聞きながら、〈わたしも同じような体験をしたが、彼の比じゃあないナー〉と思いながらペンを走らせていた。

山城村からB野小学校まで片道一時間、N中学校までは二時間かかった。山を下り、上りして九年間を通った。

　小学校時代は極端な物不足で靴もなかった。小学校への道はでこぼこで、坂道は荒れて素足では歩けない。祖母がわらで作ってくれた草履を履いて通った。一か月も経つと草履はぼろぼろに壊れた。五、六年生になると自分でわら草履を作って履くようになった。

「小学生のとき、空腹で眠れずに、部屋の隅に種麦を見つけて、それを食べました。朝、食べ散らかした麦の殻を見つけて祖母は驚いたそうです」

　昭和二十～二十二年（一九四五～四七年）、食料事情は厳しく、慢性的な栄養失調状態にあった。

　小学校低学年の山城少年は下腹部が異常に膨れていた。いま、テレビで見られるアフリカの少年のような体型をしていた。

　三年生のある日曜日、彼は一人で山菜採りに出かけた。十時ごろ、突然激しい腹痛に襲われた。七転八倒の苦しみが数時間続いた。意識朦朧状態になったとき、口から異様なものを吐き出した。そのまま意識を失い、数時間その場に寝入ってしまった。目が覚めたのは夕方に近い時間だった。吐いたものは回虫の固まりだった。そのことを祖母に話したかどうか定かでない。

数日後、現場近くを通った。小さな樹木や草がきれいになぎ倒されて畳のようになっていた。それを見て山城少年はあの日の苦しみを思い出した。

「あのとき、命を長らえることができたのも、いま思えば運命としか言いようがありません」

昭和二十三年（一九四八年）、いくぶん食料事情は好転していたが、育ち盛りの山城少年にとっては厳しい毎日であった。

彼は、父はいつ帰ってくるのだろう、ラジオから流れる兵隊さんの消息を知らせるニュースに聴き入った。祖母も同じ気持ちだったと思う、と彼は言う。

ある日、学校から帰ると役場の人が来た。

「お父さんはフィリピン・ルソン島で戦死されました」

しかし、彼は諦めきれず、ラジオの「『尋ね人』の時間」を聴いていた。次第に生きていくことに必死で、父の帰りを求めなくなった。

「学校へ行っている間は畑仕事などをしなくてよいので、学校生活が楽しかったですね」

彼はちょっといたずらっぽく笑った。学校から帰ると、草取りや水汲み、薪で風呂を沸かして祖母を助けた。

「小学五、六年、中学生のころになると、周囲の松林が次々に伐採されていきました。そのため、夏休み、冬休みには、友人と一緒に木材を引っ張ってトラックや馬車の積み出し場まで運びました。自分の小遣いや学用品、修学旅行の足しにできましたよ」

十五歳の少年

山城さんが中学校を終えた日、お祖母さんが健一少年に言った。

「お前は男だから農業を継いでおくれ」

十五歳の彼に田畑の仕事が託された。彼はすでに中学時代に、高校進学はできないと諦めていた。英語は一年生のときだけ習い、二、三年生は農業実習をした。当時、高校へ進学できる者は四人に一人だった。

卒業のころ、「都会に出たい、進学もしたい」との気持ちが彼にはあったが、祖母のことを思うと言えなかった。彼は高校進学を断念した。

一年目の夏は畑仕事が中心だったが、子牛と羊を一匹ずつ買って育てることにした。羊は健一少年の寂しさを癒やしてくれた。

冬は農閑期となるので、木を伐採して榾木（ほたぎ）にし椎茸を栽培し、山野を開墾してみかんの木を十本植えた。炭焼きの手伝いもした。

二年目は、家から一時間歩いたB野に五反歩の田んぼがあったので、近所の先輩に教えてもらいながら、田んぼを耕し、苗代に稲の種をまき、田植えをした。

この作業は彼にとって、とても厳しいことだったようだ。

「苦しかったことは何ですか」

わたしの質問に彼は少し考えてから、答えた。

「田んぼの仕事でしょうね。一人で黙々と耕して、苗を植えましたよ」

その植えたばかりの苗が水害でやられた。梅雨と台風が重なって大雨となり、小川が氾濫し、大量の土砂が田んぼの半分を埋めた。彼はそれを見て茫然となったが、翌日から土砂を除去する作業を開始した。八月の炎天下での作業は厳しく、夜は心身ともに疲労困憊した。

農業を続けることへの疑問と勉強への情熱

山城少年は、次第に農業を続けることに疑問を抱き、逃げ出したくなるような迷いが交錯するようになった。しかし、十月には、初めての米を二十俵余り収穫した。

その年の冬、山の仕事をしながらも、農業を続けることへの迷いは消えるどころか、大きくなるばかりだった。祖母は彼が家を出ていくことに反対した。

「ここでの農業は耕地も少なく将来性がないと思えるので、僕は都会に出て働きながら勉強をしたいと思います」

一月、数人の先輩に相談した。みんなは、「お前は勉強が好きだから、その方が賢明だろう」と賛成してくれた。

家出の決行

三月になると田植えのことも考えなければならない。彼は数日間迷った挙句、恩ある祖母に行き先も告げずに出ていくことを決断、夜逃げのようにして山城村を後にした。

昭和三十一年（一九五六年）三月二十一日、彼は十七歳になっていた。

彼は、K市内の病院で働きながらT高校の夜間部に通っている姉を頼った。姉の職場の上司が紹介してくれて、T神社の近くの菊池病院に住み込みで働くことになった。

「母方の叔母が、僕の布団を一式作って送ってくれたのですよ」

彼は懐かしそうに言った。そのときを思い出してか彼の顔がほころんだ。わたしにも叔母さんの気持ちが伝わってくるようで、胸がいっぱいになった。

T高校夜間部へ入学

高校の試験はどこも終わっていたので、彼は実業高校の夜間部に入った。二学期から普通科のあるT高校の夜間部に移った。

彼の高校時代の給料は五千五百円。その中から食費などを引かれると手取り二千円ぐらいだった。四年生での給料は八千円になる。彼は高校卒業を半年後に控えて、卒業後は上京して夜間大学に進もうと思案していた。

「働く若人の集い」との出会い

わたしが「働く若人の集い」で彼、山城健一さんと出会ったのはこのころだ。わたしも貧しい看護学生で、K県立病院に付属する学院の寮生活ではいつも飢えていた。給食では足りず、発育盛りのみんなは夜の自習時間になると「おなかがすいたよー」と声を上げげた。誰かが小銭を集めて、近くのパン屋さんへ走った。パンの耳が二斤袋いっぱいで十円だった。それをフライパンで炒めて砂糖を振りかけて食べた。美味しくておいしくてみんなの顔がほころんだ。

この五か月後、十六歳のわたしは肺結核になり国立A療養所に送られた。一年の療養生活ののち、県立K大学病院の看護実習に戻り、一年遅れて卒業することができた。

島田先生との出会い

十月ごろ、山城さんは高校の島田先生から新しく特別奨学生の募集がある、と知らされた。

彼は応募して、育英会の特別奨学生に合格した。しかし、昼間の大学に通えるとは夢にも思っていなかったので、勉強もしていないし、大学の入学試験に合格する自信もなかった。しかし、二年間働きながら勉強して、昼間の大学受験へ向けて挑戦しよう、と夢が膨らんだ。

彼は四月から東京に出て、M新聞の販売所で配達の仕事をしながら予備校へ通うことを一人で決め、今働いている病院の上司に上京の挨拶に行った。そのとき、「うちで働きながら、勉強してはどうか」

院長の菊池先生から思いがけない申し出があり、彼は東京に行くのを中止した。

「僕の誇りは何よりも、T高校夜間部の四年間、無欠席で通ったことでしょうね」

彼は息を継いだ。

医学生となって

二年後、夢が叶い彼はK大学農学部の学生になった。二年次に編入試験を受けて、三年生から医学部へ移った。奨学金は月に七千五百円だった。医学書購入などで生活は困窮した。

彼は春休みや夏休みは夜明け前から、漁船から魚を降ろす荷役のアルバイトを三時間ぐらいした。保健所の検診車に乗って職場検診の手伝いもした。家庭教師もし、T病院では結核菌培養の仕事を六年間続けた。荷役の仕事はきつかったが、バイト料が二倍ぐらい高かった。しかも、あの田んぼの仕事に比べれば、まだ荷役の方がましだった。

彼が医学部を受けようと思ったきっかけは、「働く若人の集い」で出会った医学生の山田さんの影響もあったという。山田さんは農業をしながら、昼間の定時制高校を卒業したそうだ。

山城さんはB野小学校の記念誌に、心身医療の専門家として、次の文章を寄せている。

＊　＊　＊　＊

〈ところで、思うことと実践することは似ているようであるが実際は違う。思うことは、途中のきつさや何か他に楽な方法があるのではないかなどの思いを拡大させてしまうので、そのうち決断力は鈍ってしまいがちだ。しかし実践となると、勇気と決断力が必要となる。

たとえば田舎の山道を何気なく歩き始めて学校と家を往復する。そのこと自体は毎日の繰り返しであるが、その繰り返しの中には克服感、達成感、自らの可能性を発見できるといった喜びがある。

さらにまた雨の日、雪の日など自然のもたらすいたずら（闘いといっても良い）も多く、敢えてその中をくぐりぬけていく一つ一つの体験は成長の糧となる。このような実践を通して獲得したものは自信となり、以後の人生にプラスに作用していることは間違いない。

B野の地に住む人々を含めて自然環境には恵まれていたが、物質的には未だ貧乏な時代、同級生共々、ときに先生に叱られ、稀になぐられながら、すくすくと成長できたことはありがたかった〉

＊　＊　＊　＊

山城少年の心身を育み鍛えてくれたB野の人々、彼のゆるぎない精神を培ってくれた厳しい自然のB野、そのまた山奥の山城村を、わたしはいつか尋ねてみよう、と思いはじめていた。

心身医療を選んだ理由

インターン時代の山城さんは東京のＪ大学病院で学んだ。

その後、地元に帰りＫ大病院の第一内科に入り、はじめ呼吸器グループに籍を置いたが、Ｋ大学心療内科の遠山先生やＫ大学第一内科の鈴木教授に影響を受けて心身症研究グループに移った。心療内科を選んだのには、もう一つ理由があった。山城さん自身も喘息の経験があったのだ。

彼は自分の貴重な体験を話してくれた。

「わたしが気管支喘息による発作に突然襲われたのは、大学へ入学する前年の二十二歳の秋だった。幸いに病院に勤めていたこともあって、気管支拡張剤などを服用することでおさまっていた。しかし、大学に入学した後も、毎年秋から冬にかけて底冷えのする夜になると夜明け前、呼吸困難で目が覚めるようになった。次第に、発作が強くなっていくことへの怖さと、病を持ったままの自分の将来に不安を抱くようになっていた。大発作をおこして入院することになれば費用がかかり学業も続けられなくなる。喘息を怖がってはいけない。どうしても喘息と向き合う必要があると思うようになった。そのうち底冷えのする夜だと思っただけで、夜明け前になると発作が出るようになった。そこで発作の徴候に気づくとすぐに起きて深呼吸（起座呼吸）をするなどの試行錯誤を繰り返した。そのうち、発作の徴候に気づいたら直ちに起きて椅子に腰掛け、眠くなるまで読書に熱中する。不思議なもので、二、三時間も経つと呼吸困難は消退し、眠気も襲ってきて朝までぐっすり眠ることができた。次第に発作に対する怖さは薄れ、医師になる前にほぼ克服できた。自分が喘息という病気と向き合うことで、心とからだの密接な関連に気づくことができた」

「なぜ心身医療への道を進んだのか。それはおそらく幼くして両親を失い、孤独におかれた人間にとって健康ほど大切なものはない、と日ごろから感じていたからだと思います」

彼は少年時代からアレルギー体質で、年に数回うるしかぶれに悩まされた。また、ストレスと関係があるとされるヘルペス感染症にもたびたび罹患し、祖母や周りの人に迷惑をかけた。いずれも民間療法によって近所の人々の指導をうけ回復していた。少年のころ、病気への恐れは強く、母が罹(かか)った結核になるかもしれないとの心配もしていた。

彼は、十七歳で病院に就職できたことで病気への心配が少し軽減した。それまで毎年扁桃腺炎に罹って発熱していたが、しだいに少なくなり、高校の四年間一日も休むことなく通学できた。

「このような経験が医師になって臨床医学、つまり病気で悩み苦しんでいる方々を支援できる医師として生きようと決意したのだと思います」

「医師になって三十五年間、病気で休んだことは一日もないですよ。少年時代の病弱な日々を振りかえると驚きです。これはなによりも安心できる環境で働けたことが影響していると思います」

自信に満ちた言葉であった。わたしは彼の精神力にただ感服するばかりだった。

彼は言った。

「人間はそれぞれ限りない可能性をもって生まれてくる。成長の過程でいかにそれを発揮できるか、それに対する環境、認識、人間関係などの影響は大きいものがある。不幸にして病に倒れたとき、その人への身体面だけでなく、心への働きかけや、共感しサポートしていくうちに予想以上の回復への可能性を示すことがある。そんなときは医師としてもっとも喜びを感じますね。この経験がのちに心身医療への関心に繋がったのではないでしょうか」

Ｋ大学病院第一内科では、昭和四十七年（一九七二年）ごろから、極端に痩せた若い女性患者が年間二、三人、入院するようになった。現在、日常的に見られるようになった神経性食欲不振症である。都市化、核家族化、女性の社会進出などに伴って、そのような患者は年々増加、その原因はもとより治療方法も不明で難病の一つとなっていた。

彼はこの患者の治療に取り組み、治療成績の向上に努めた。

昭和五十六年（一九八一年）、彼は厚生省（現・厚生労働省）調査研究班の班員となった。以来二十余年この治療に取り組み、平成五、六年（一九九三、九四年）は同研究班の班長を務めた。

彼の所属する第一内科心身症研究グループはそれから、その研究業績が評価されて、平成六年、K大学病院に『心身医療科』の設置が認められた。

この年、彼は海外のT大学に留学。帰国後、心身医療科の初代教授に選任された。彼は長い間臨床一筋に生きてきたが、その途中で全く予想もしなかった教授に選任されることになった。

「これは周囲のだれよりも本人が一番驚きましたね。自ら一日一日歩き続けた結果がこのようになっただけです。多くの素晴らしい方々の支援と協力が得られたおかげで、今日の自分があるのだと感謝の一念です」

彼の心はどこまでも謙虚で欲がない。

「二十年余り、摂食障害の患者さんと接してきました。自分の若いころはどうしたら腹いっぱい食えるようになるかと、必死でがんばってきました。しかし、今の青年は有り余る食べ物の中から、何をどれくらい食べればよいかに悩み、苦しんでいます。食うことが満たされる社会となった現在、彼らは何を目標にすればよいのか、若者にとって生き方は難しくなったとつくづく思いますよ」

平成六年（一九九四年）十月、山城さんのご両親の五十周年忌法要が行われた。

「おそらく、五十五歳で両親の五十回忌を経験できる人はそんなにいないでしょう」

彼の両親の親戚、知人など五十名が参加した。

「母は六歳で別れたので少し面影が残っていましたが、父は、僕が三歳のときに出征しましたので写真でしか知りません。父との思い出は皆無でした」

集まりには遠くから来てくださった緒方さん（九十一歳）がおられた。緒方さんは彼の父親と小学校から高等小学校まで一緒で、父親の唯一の友だちであった。

彼の父親と緒方さんは、村から二人だけ麓にあるN校（今の中学一、二年に相当する）に通った。ところが卒業しても職に就けるあてはなかった。二人は思案してK市に出て働こうと決心した。

十五歳になった少年二人は約三十キロメートルの山道を歩いてK市に出てきた。「K市内の商家を一軒ずつ訪問して就職をお願いした。二、三日後、職場が見つかった」

緒方さんは続けた。

「ところがお前の父親は『自分は自動車の運転免許を取得させてくれる職場で働きたい』と言って、数日間あちこちを歩き回った。幸い念願の職場が見つかりとても喜んでいた」

山城さんの父親は二十一歳前後で運転免許を取得してK市の森田交通に就職。二十五歳で独立した。

山城さんは少年時代に祖母から父親のことを聞いたことがあった。当時、森田交通から千五百円、N農協から千五百円、合計三千円の借金をして名古屋に行き、トラックを購入した。そして、そのトラックをK市へ海上輸送し独立して運送業を始めた。

「わずか十五歳前後で自らの人生を切り開こうとする当時の少年たちのエネルギーが感じられます。これは明治時代以降の日本の発展を支えた原点であったのかもしれませんね」

彼の父親が出征した後、母親は三人の子どもを抱えて経済的に困窮した。生活のために、近くにあった鍼灸所に見習いに通いだした。しかし、まもなく母親は結核に感染、病気に気づかないまま弟が昭和十九年（一九四四年）結核性脳膜炎で急死した。彼にとってたった一人の弟は三歳の幼さでひとり旅立った。

山城さんの父親の五十年忌に母親の弟である紀彦叔父（七十六歳）さんも遠方からかけつけた。久しぶりの対面で話が弾んだ。叔父さんからは、それまで知らなかった父親の一面をゆっくりと聴くことができた。

紀彦叔父さんもまた十四歳で高等小学校を卒業して昭和十六年（一九四一年）、現在の韓国・ソウルに近い鉄道会社に就職することになった。F町からK市に出て、数日間彼の家に滞在した。いよいよ一人で汽車に乗り旅立とうとしていた。彼の家族全員でＫ駅まで見送った。出発間際に父親だけが汽車に乗りこんだ。おそらく歳端もいかない弟を一人で遠方に行かせることを、姉である彼の母親が不憫に思い、父親に港まで送ってくれるように頼んだのかもしれない。

紀彦叔父さんは港に着いていよいよお別れだ、と思っていた。ところが彼の父親が釜山行きの船に乗りこんできた。釜山で下船して紀彦叔父が汽車でソウルに向かう直前、彼の父親は自分がはめていた外国製の腕時計を紀彦さんの腕にはめてやり、「がんばるんだよ」と励ましたという。

「それまで僕の心のなかで『無』に等しかった父の存在が、叔父の話を聞いて大きな姿で迫ってくるのを感じました」

彼の声は喜びに震えていた。

紀彦叔父さんは終戦直後、着の身着のままで引き揚げてきたそうだ。紀彦叔父さんは帰り着くまで世話になった義兄や姉に会えると信じていた。が、二人はすでにこの世の人ではなかった。

「ふたりの消息を聞かされたとき本当に失望落胆した」

当時を思い出してか、紀彦叔父さんは涙声になっていたそうだ。

あらためて戦争がいかに非情なものであるかを痛感する。親と子を、兄弟たちを引き裂き、家族を離ればなれにしてしまい、ときには家族全員を悲劇に陥れてしまう。両親も弟もまた自分たちも戦争の犠牲者だった。

「それにしても当時の田舎の少年たちが十四、五歳で親元を離れて未知の世界へ飛びこんでいく勇気、その決断力がどのようにして身に付いたのか、現在の少年たちと比べて驚きですね」

B野小学校の記念誌の山城さんの寄稿文に戻ろう。

＊＊＊＊

〈現在、人間を相手にする職を得て感じることは多い。自分や、先輩の生き様をみて思うことは、生まれて少なくとも小学校へ入学する前ごろまでに、親や周囲の方々に普通に育ててもらえば、あとは遺伝的に自ら成長していける可能性がわれわれには宿されているということである。

　それにもかかわらず、最近は不登校、摂食障害、離婚、虐待、いじめ、過労死、自殺など人間性に関わる問題が多くなった。これらに共通するのは周りとの関係性をどう形成していくべきかの問題と、どう生きていけばよいかの方向性が見つけられないということである。

　戦後五十年、物質的に豊かになることをただひたすら追い求めているうち、知らず知らずのうちに人との関係性を見失い、豊かさを手に入れた途端、生きる目標が見えなくなるなど、状況が一変した。

　以前よく言われた、真面目に働けば必ず報いられるといったことも、国際化の進んだ現在では危うくなってきた。これからも情報化、機械化、核家族化、競争化は激しくなり、人間関係の希薄化はさらに進むことが予想される。今までのように上から言われたことだけを実行するやり方が正しいとは必ずしもいえない。各自不安に対して逃げるのではなく、上手に受け止められるストレス対処法を身につけることはもちろん、職場や社会環境をよくするための責任を持つ気概が必要である。そこで強調したいのは、いかに国際化が進もうとも日本のような厳しい環境にあっては常にそれを乗り越えようとする気持ちと、お互い共存していく考えを持つことが大切だということである〉

＊　＊　＊　＊

専門家としての彼の貴重な意見は聴き手のわたしの心を締め付けずにはおかな

い。

「臨床のなかで最近感じることは、戦争は予告もなく突然家族を引き離した。夫婦や親子間に悲劇をもたらしましたが、いま、違った意味で同じことが繰り返されているように思います」

「夫婦不和、親子間の葛藤、離別、家庭内暴力など、家族を巡る問題に起因した心身的問題が増加しています。これらは一九七〇年代（昭和四十五年〜）ごろより目立ってきたので戦争とはいえないが、経済戦争がなんらかの影響を及ぼしているのかもしれません」

経済の成長に伴って家族のあり方（核家族化、少子化など）が並行して変貌してきた。現在彼が専門とし、医学的、社会的に問題となっている摂食障害（拒食症、過食症など）について彼は次のような感想を述べている。

「わたしが子どものころは、極端なモノ不足でしたが、人と人との繋がりは今よりも良かったですね。現在、核家族化、希薄化が指摘されていますが、不登校、摂食障害など青少年問題はいっこうに鎮まる様子がありません。わたしの経験から振り返って見ると、子どものころ、祖母は孫二人を育てるために必死でした。その姿はわたしにとって表現できないような安堵の気持ちをもたらしてくれました」

〈子どもも心にできるだけ祖母の負担を減らしたいという協調の気持ちが生まれた。たとえ遊びすぎて叱られても、ひねくれたり反抗はしなかった。

祖母の日ごろの行動や注意される言葉のなかに、生きていくためのヒントがあって心を刺激された。祖母は厳しい人だったが、祖母の働く姿は孫に伝わり、孫は祖母になんとか応えようとする、言葉によらない相互の心の交流があった〉

山城さんは続けた。

「ところが現代社会はどうでしょうか。親が子どもを教育するなかで子どもは父親が汗水流して働いている姿をほとんど見ることができない。父親は朝早く家を出て夜遅く帰宅する。そのため家族における父親の影響力は低下し、逆に母親はパワーアップして、力の出し方に歪みが生じやすくなる。母親は家の中で父親役と母親役の二役をこなすことになる。育ち盛りの子どものしつけは思うようにいかないので、母親は父親役を優先的に演じるようになる。そんな母親は子どもに命令し、指示する人に見えてしまう。心の交流が乏しいので、父親と母親の苦労が子どもに伝わりにくい。子どもは母親の指示を聞き入れさえすればなんでも世話してもらえると思い、母親の機嫌を損なわないように振る舞おうとする。聞き分けの良い子がそこにいる。しかし、幼い子どもは自分のおかれた環境に依存するしか生きる手段がないのだ。毎日母親を怒らせないように心を砕くのに追われ、自分の世界を持つことができない。摂食障害や不登校になる前の子どもは『イイ子』として親や周囲の人に評価されている。それは家庭における情緒交流の偏りに一因があると思う。摂食障害の遷延化した患者さんの経過をみると三十歳、四十歳になっても自分の世界をもてない例が多い。彼らは発達期に母親が支配的、専制的であったか（これは父親が責任回避しているため必然的にならざるを得ない）、父親が病弱か離婚して母親が一人でがんばっている姿を見て、子どもは我慢、我慢の気持ちを持つようになる。父親が会社でどのような苦労をして働いているのか、母親は父親をどのようにとらえて子どもに伝えていくのか、その作業が足りなかったのではないか。むしろ、子どもの方から母親の心の動きを先に感知して気に入られるような行動をとってしまう。すなわち自ら抑圧した行動をとるようになる。このような発達期における誤った情緒のあり方（過度に相手を思いやる、自分を抑える、甘えられない）は以後の成長を阻害している、と思う。慢性化した摂食障害の患者さんの中には四十歳前後になっても母親から自立できず同居していることが多い。少子化が進行し、母親に時間的余裕が出てくると、いっそう子どもへのプレッシャーは強くなり、望ましい親子関係の形成が妨げられてしまう。その意味では家族の誰もが経済戦争の犠牲者と言えなくもない。自分たちが育ったころの人間関係は薄れてしまった。ここに現代の青少年問題の一因が潜んでいると思うし、社会の変化に応じた新しい家族システムの形成が図られるべきであるとわたしは考える」

山城さんの話を聴きながら、わたしも胸が締め付けられた。

三人の子育てをしながらわたしも病院で働いていた。子どもたちは昼間、保育園のお世話になり、唯一のスキンシップの時間である夕食時や夜も、病院の三交替勤務のため、わたしは家を空ける日が多かった。そんな日は父親が早く帰って母親の代わりをして育ててくれた。親子五人揃って夕食する日はまれだったが、その夜は話も弾み、子どもたちの笑顔がはじけていた。

もう一度、B野小学校の記念誌に戻ろう。

＊　＊　＊　＊

〈また発達期にある人々にとって重要なのは、一つの困難な状態に直面した場合にそれを直視して進むことが大切であって、周囲からの手助けや過保護、過干渉はむしろ前進することを妨げてしまう。周囲から手をさしのべてもらうことで勇気や決断は萎えてくるし、甘えさえ出てくるからである。

人間が本来持つ可能性を信じてまかせること、たとえ失敗しようがしまいが。直面する方法にはいくつかの選択肢があり、そこを自ら学び取っていく体験こそ個性豊かな地球人となりえる基本であると思う〉

ホテル・ニューオータニで大きなテーブルを挟んで、わたしの聞き書きは二時間に及んだ。彼は時々席を立って、備え付けのお茶や紅茶をサービスしてくれた。話は尽きないが、羽田へ向かう時間が近づいていた。

＊　＊　＊　＊

平成十五年（二〇〇三年）には、次々と研究論文を発表し、国内だけでなく海外でも活躍。週単位で東京、京都を行き来しているという。

「田舎の厳しい自然環境が僕を育ててくれました。僕のことをよく知っている人に、いつか会ってもらいますよ。B野に行ったら案内します」

彼は静かに言った。

山城村を訪ねて

　山城さんの従弟の森さんの運転する車は、Ｂ野の山城村へ向かっていた。あっちへこっちへと迷いながら、山の奥へ、奥へと進んだ。「平谷」というところから右の細い山道に入った。

「このあたりはでこぼこ道でした。学校の帰りは腹が減って歩く力もないので、道端の野いちごや、あけびを手当たり次第食べましたよ」

　ひっそりと二軒の人家があった。

「帰る途中暗くなると、足元が見えないので、いつもこの家でちょうちんを借りて、ろうそくの灯りで山道を歩きました」

続けて彼は言った。

「うちの母もちょうちんを借りたと言っていましたよ」

従弟の森さんが言った。

登り詰めた所にちょっと開けた場所があった。突き当たりに二メートル四方ぐらいの石碑が立っていた。

「山城家一族誕生地跡」と大きな黒い字で刻まれていた。ここが、山城村の入り口だった。人里離れた山奥に山城姓の人たちが暮らしていた。

彼の育った集落はもう誰も住んでいない。山城姓の最後の人もいなくなって、平成七年（一九九五年）に記念碑を建てたのだという。

石碑には七十名ぐらいの名が刻まれていた。彼の祖父・山城新太、父・静夫、そして、彼・健一の名があった。

「江戸時代末期に山城村は誕生したと思います」

彼はしみじみと記念碑を見つめながら言った。

碑の左側に細い道があった。そこを下りて行くといよいよ山城村だ。

空き家になった二軒の家が寄り添うように立っていた。鶏を飼っていたのだろうか。庭先に金網の四角い囲いがあった。小さな畑に瑞々しいねぎが育っていた。

「時々、家人が畑を見に来ているのでしょう」

雨戸の外のひもに古いタオルが一本ぶら下がっていた。

「僕の家はもうありませんよ。この山の上の一番奥です。登りますか」

「登りましょう。ぜひ案内してください」

樹木の生い茂る道なき道を、笹竹や小枝をかき分けて登った。雨でゆるんだ土や落ち葉に足を取られて二、三回すべった。山城さんは軽い足取りで、ひょいひょいと登っていく。わたしはふうふう息が荒くなった。わたしに続く森さんもかなりきつそうだ。

十分ぐらい登っただろうか。前方から木漏れ日がさして、そこは頂上だった。周りは大小の木が伸びて、若葉の季節を迎えていた。

「ここに僕の家がありました。十七歳まで暮らした場所です」

わたしは畏敬を感じて、足を踏み入れるのを一瞬躊躇した。五十年近い年月が経っていた。

彼は懐かしそうに辺りを見まわした。葉の陰からのぞく大きな水瓶や、落ち葉の下に見え隠れしている小さな茶碗や釜、それから片方だけの青白いサンダルが久しぶりに恋人に会えたかのように輝いていた。

若草色の若葉が小首を傾げるようにして彼にささやいたよう。

お帰りなさい。あなたを長い間、待っていましたよ。

彼は嬉しそうに水瓶に触れた。水瓶のそばの若樹に寄り添った。その姿をわたしはカメラに撮った。木々の間から漏れてくる光は白く霞んでいて、神秘的な雰囲気を醸し出していた。

「ここで桑を育て、蚕を飼い、それから祖母が摘んだお茶を売りにいきましたよ」

木々や若葉に語りかけるように、遥かなときを偲ぶように彼は言った。若草色の若葉がそよと動き、涼しい風が頬をなでた。

「下りましょう。時間がなくなりそうですから」

山城さんは次の予定を気にしてわたしたちを促した。

わたしは心を残しながら山を下りた。体を後ろへ引っ張られるような感じがした。

山城村の人々

記念碑の所まで下りてくると、碑の前に三メートル四方はありそうな青いビニールシートをひろげている人々がいた。若い夫婦と小さな子どもたち、六十代の男女など総勢十名ぐらいだ。

「あれー、山城先生じゃあないですか」

通り過ぎようとしたわたしたちに声を掛けたのは、その中の長老らしい男性だった。山城さんは驚いて振り返った。

「ああ、滝さん、どうしたのですか」

滝さんはかつて山城村に住んでいて、山城少年に農業の手ほどきをしてくれた人だった。

「銀行に勤める息子が『山城村のルーツに行こう』というので、ここで花見をするところです」

しかし、周りには一本も桜の木はない。

「先生は何事ですか」

「東京からこの人が、僕の住んでいた山を見たいと言うので、案内してきたところです」

「東京でも、どこでも、まあ良いじゃないですか。ちょっと上がりませんか。一緒にやりましょう」

　滝さんは偶然にここで山城先生に会えて、このうえない日だと、とても嬉しそうだった。

「内堀さん、ちょっと上がりましょうか」

　山城さんがわたしたちを促す。

　シートの端に腰を下ろしてわたしたちはお茶をいただいた。

「このこんにゃくは美味いですよー」

　紙皿に三切れいただいて、山城さんと森さんとわたしとで食べた。

「この先生は山城村の二宮金次郎です」

　にこにこ笑いながら滝さんが言った。周りの人々はあっけに取られてわたしたちの様子を見ていた。

「ちょっと次の予定が迫っているので、すみません」

　彼は車のトランクからビールの箱を抱えてきてシートに下ろした。

「どうぞ、皆さんでゆっくり飲んでください」

B野小学校

滝さんたちと別れて、車は山道をくねくねと下った。右側に石の門が見えた。

「B野小学校です。Y小学校と統合されたので、今は地域の文化センターとして利用されています。あれは母方の祖父の家です。こっちは叔母の家で、僕に布団を一式作ってくれた人です」

車を降りて、五、六段の石段を上がった石の門のそばに彼が立った。かろうじて小学校の面影が残る門だ。わたしはカメラのシャッターを押した。逆光線のため彼のシルエットだけが写った。

　ここは彼の人生の基礎を築いた学び舎だ。この門は、くじけそうになったときの山城少年を見守り、励まし続けたことだろう。カメラのレンズからのぞくと彼はかすかに笑っていた。

「中学生のある日、片道二時間もかかる学校に行くのが途中から嫌になって、五、六人の仲間と山で遊びました。その日は山城村の父兄が学校に授業参観に来る日でした。先生が『山城村の子は誰も来ていません』と言われて、ばれたこともありました」

ドライブインでの光景

　車は次の目的地に向かって走り出した。わたしは五反歩の田んぼを見たいと思った。山城さんは「ここからは遠いし、それに草ぼうぼうでしょう。時間もないので、今日はあきらめてください」と言った。

昼食のために、途中ドライブイン「おもいで館」に寄った。お蕎麦を注文した。彼が、これから行く清水果樹園の場所を電話で探そうとしていたとき、偶然、現在彼の患者さんとして通院しているAさん夫婦に出会った。まもなく、テーブルの彼の周りに次々と高齢の方々が集まってきた。以前、彼が診た患者さんや、知り合いの診察を頼まれた方もいた。また、F町N出身で、K大学工学部を卒業して就職した後、再度、医学部へ入学し、現在心身医学を勉強している山田医師のご両親もおられた。山城さんは急いで食事をすませ、箸を置いた。

山城さんは一人ひとりの話に耳を傾けて、「そうですか」とか「そうですね」と、にこにこと言葉を交わし合い、和やかな雰囲気が漂った。

この日はY地区の『お花見』で、皆さんはここで昼食を摂っているところだった。

「先生に会えてよかったです。ありがとうございます」

「いつも、お世話さまです」

いつの間にか彼の周りに輪ができていた。何と感動的な風景だろう。偶然に出会った村の人々と、こうも優しく接することのできる彼の心の広さ、温かさを目の前にして、わたしは胸がつまって食べ物が喉をとおらなくなり、箸を置いた。

久しぶりの再会で話が弾んだ、と彼はとても嬉しそうだった。

清水さんを訪ねて

F町Nの「清水ハウスみかん農園」に着いたのは午後がかなり過ぎていた。

「遅くなってすみません。こちらは東京からみえた内堀さんです」

山城さんがいつか、「僕のことをよく知っている人に会わせますよ」と言ったのはこの方だった。その笑顔は誠実な人柄をそのまま表していた。

清水さんは七十一歳。山城さんと七歳違いである。山城少年が中学校を卒業したとき、F町の青年団長だった。「家が近いこともあっていろいろな相談に乗ってもらっていた」と彼は言った。つらい日々を送っていた少年の彼を、いつも兄のように励ましてくださった方だ。

昭和三十年（一九五五年）ごろから、清水さんは新しい農業のあり方を模索し、現在では果樹園を経営しておられる。F町議会議員を四十年間務められて、今は県果樹連合会会長である。

でこポンやサワーポメロを息子さんのご家族と一緒に作って、全国に発送しているという。ビニールハウスの農園が道路から奥に二棟あった。

「僕はちょっとみかん園を見てきます」

山城さんは席を離れた。わたしが清水さんに何でも聞きやすいように心配りしたのかもしれなかった。森さんも山城さんに続いた。

「駅の近くにあるT町の健ちゃんのお家には小さいころよく行きましたよ。お父さんは穏やかで誠実な人柄でした。こちらにもトラックでB野の材木を運ぶためにたびたびみえました。中学校卒業後の健ちゃんとは、よく話すようになりました。B野の青年団活動の一つで青年学級を開き、夜、皆で新しい農業について勉強をしました。ある日、健ちゃんがみかん園に降りてきて、わたしが作業するそばで言うのです」

「この地でみかんを作りたいが耕地がないのでそれも叶わない。思いきってK市に出て、働きながら学校に行こうと思います」

「君ならできる。わたしはそう言って励ましました。健ちゃんは菊池病院に住み込んで、自分でこつこつと人生を積み上げてきました。弟が医者になったようで感無量です。彼のことを話し始めると、涙が込み上げてきます」

清水さんの目にはうっすらと涙がにじみ、ペンを取るわたしも胸が詰まった。

途中から清水夫人がみえた。優しさを絵に描いたような笑顔の方だった。

「先生のそばに居るだけで、なにかほっとします。上手く表現できないけれど、何とも言えない温かいものを感じるのですよね」

しみじみと夫人は言った。わたしも同感だった。

山城さんは小学生のある日、おなかが空いてたまらないので、母方の祖父の家に寄った。家人は仕事に出ていて留守だったが、釜を覗くとご飯が残っていた。健一少年はそのご飯を食べて、元気をつけて山の家に帰ったという。彼の祖父は釜のご飯がなくなっているのを見て、「ああ、健ちゃんが来たんだなあ」と喜んでいたという。

彼の結婚式でのこと。披露宴のスピーチでT高校夜間部の森笠校長が彼の生い立ちから話し始めた。すると、結婚式場にいたみんなが泣いたという。

「『B野の人々や自然との良い出会いがあって、現在の自分がある』と健ちゃんは言います。その謙虚さ、人柄にはいつも胸を打たれます」

清水ご夫妻に会えて、B野の人々にも出会えて、彼の新たな人柄を知らされた。わたしは彼のことを誰かに語りたくなった。

心の中で温めてきた大切なもの

B野、山城村の旅から東京へ戻って三か月が経った。

心の中で温めてきた大切なもの、それは山城さんの生きてきたあかしを文字にして知らせよう、ひとりでも多くの人に伝えよう、という気持ちの高まりだった。

彼にそのことを伝えた。

「人間には遺伝的に自ら成長していける可能性が宿されている。そのことを伝えてもらえれば、何かの役に立つのなら……」

健一少年の物語を書き始めた。

娘からおさがりのパソコンに向かう。パソコンを始めたばかりのわたしの指は遅々として進まず、一字一字を噛み締めるように文字を紡いでいく。

(健一少年が山城村を出た後、彼の祖母はどうなったのだろう)

わたしはEメールを彼に送った。六歳から十七歳まで母親代わりに面倒を見てくれた人の、その後を知りたいと思った。

わたしがEメールを送って三時間後には彼から電話が来た。

「祖母は八十五歳まで山城村で過ごしました。その後、B野に住む郵便局に勤める叔父に引き取られました。僕は山城村を出て四年後、一度山城村に祖母に会いに行きました」

「そのときの心境はどうでしたか」

「よく覚えていませんが……」

彼は電話の向こうで黙した。

「でも、僕が医師になったとき、祖母は喜んでくれました。九十歳まで生きて脳卒中で亡くなりました」

母親代わりの祖母と決別し、彼は一人で生きた。十七歳の三月、断腸の思いで山城村の祖母のもとを出たのだ。

そして彼は手探りで生きてきた。

彼は言った。

「良い先生や先輩、それからB野の自然が僕を育ててくれました」

山城教授のそれから

平成十六年（二〇〇四年）十一月一日、皇居前のパレスホテルで医療シンポジウムが行われた。その特別講演の講師として上京された山城教授とホテルで会った。

『四十五年目の再会』のできたばかりの原稿を読んでもらった。

わたしにも特別講演を聴くチャンスを与えてくださった。大勢のドクターを前に壇上で堂々と専門的なお話をされているのを見て、とても頼もしかった。健一少年の知られざる一面を見ることができた。緊張することもなく、ときに笑顔をまじえながら、自信に裏打ちされた語りくちに感動した。会場からの質問には余裕ある言葉で答えられていて、さすがだ、と感心した。

彼はK大学名誉教授の称号を授与された。これまでの彼のたゆまぬ努力と献身の賜物だろう。今は亡きご両親に彼は一番に報告したことと思う。

彼のドキュメントを書いている途中にこの報に接して、わたしは自分のことのように嬉しくてたまらない。あの四十五年前の「健一少年」が今、輝いている。信じられないことだがそれは真実なのだ。

人はどんな困難な中でも、生きていける。山城さんはB野小学校の記念誌の中でそのことを繰り返し述べている。

二年前の朝、偶然にテレビで観た山城教授の映像は、わたしの部屋からよく見えるテレビ局から放送されたことが後でわかった。

四十五年前に彼と出会い、今また、出会った。それは、彼の生き方をひとりでも多くの人に伝えるためだったのかもしれない。

結　び

山城さんと久しぶりに会った。

東京で会って彼の話を聞いているうちにわたしは彼を育てた山城村を見たいと強く感じていた。

「僕が話すよりも現地を見るのがベストでしょう」

彼は自分が「いつか案内しましょう」と約束したのだった。

「お元気でしたか」

「ええ、相変わらず仕事の虫ですよ。仕事も趣味のうちかも知れませんね」

彼はこの春、退官の日を迎えた。

著者プロフィール

大井 和子（おおい かずこ）

1939（昭和14）年生まれ。東京都在住。
16歳、肺を病む（肺結核）。
35歳、３人の子を育てながら市立病院小児病棟で勤務。
その間、高等看護師専門学校夜間部に３年学び、看護師国家試験に合格。
地域で、「いきいき文章サロン」を立ち上げて13年。毎年、記念誌を
つくっている。現在、会員は70代から90代までの16人。

【著書】
『小さな約束』（文芸社、2001年）
『それぞれの風景 三百冊の日記から』（文芸社、2006年）

ある少年の物語 ―四十五年目の再会―

2023年６月15日　初版第１刷発行

著　者　大井 和子
発行者　瓜谷 綱延
発行所　株式会社文芸社
〒160-0022　東京都新宿区新宿１－10－１
電話　03-5369-3060（代表）
03-5369-2299（販売）

印刷所　図書印刷株式会社

ISBN978-4-286-24242-2